El espejo en la casa de mamá /
El espejo en la casa de papá
Colección Somos8

© Texto: Luis Amavisca, 2016
© Ilustraciones: Betania Zacarias, 2016
© Edición: NubeOcho, 2017
www.nubeocho.com – info@nubeocho.com

Corrección: Daniela Morra

Primera edición: 2017
ISBN: 978-84-945415-6-8
Depósito Legal: M-27424-2016
Impreso en China

Esta obra ha recibido una ayuda a la edición
del Ministerio de Educación, Cultura y Deporte.

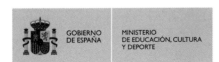

EL ESPEJO
en la casa de mamá

Luis Amavisca

Betania Zacarias

nubeOCHO

Hubo un momento que no recuerdo muy bien
en que yo tenía tan solo una casa.

Cuando era solo una, papá
y mamá discutían mucho.

Eso me ponía triste...

Lo que sí recuerdo es que, cuando discutían,
yo iba siempre a mirar dentro del espejo.

En su interior imaginaba muchas cosas...
Viajes fantásticos y animales increíbles.

Ahora tengo dos casas:
la de papá y la de mamá.
Me gustan mucho las dos.

La de mamá tiene muchos libros
por todos sitios, ¡me encanta!

Hay un pequeño sofá rojo y grandes
ventanas por las que se ve un parque.

Mamá y yo jugamos mucho.
A veces nos disfrazamos y la casa puede
llegar a convertirse en una nave espacial.

Aunque las dos casas son diferentes,
tienen algunas cosas muy parecidas...

En las dos tengo fotos con papá y mamá.

Pero además, en mi habitación en la casa de mamá
y en la de la casa de papá, hay algo idéntico:

Un gran espejo en el que me gusta mirar.

Papá y mamá me quieren mucho.

Ellos saben que comparten algo mágico...

Un gran espejo en el que me gusta mirar.

Mamá y papá me quieren mucho.

Ellos saben que comparten algo mágico...

Aunque las dos casas son diferentes, tienen algunas cosas muy parecidas...
En las dos tengo fotos con mamá y papá.

Pero además, en mi habitación en la casa de mamá y en la de la casa de papá, hay algo idéntico:

Con papá, la casa se puede transformar en una jungla mágica de plantas y especias. Los olores son maravillosos.

La de papá siempre huele deliciosa,
¡le gusta tanto cocinar!

Hay un enorme sofá azul y pequeños balcones
donde disfrutamos de la vista de la ciudad.

Ahora tengo dos casas:
la de mamá y la de papá.
Me gustan mucho las dos.

Lo que sí recuerdo es que, cuando discutían,
yo iba siempre a mirar dentro del espejo.

En su interior imaginaba muchas cosas...
Viajes fantásticos y animales increíbles.

Cuando era solo una, mamá
y papá discutían mucho.

Eso me ponía triste...

Hubo un momento que no recuerdo muy bien
en que yo tenía tan solo una casa.

EL ESPEJO
en la casa de papá

Luis Amavisca

Betania Zacarias

nubeOCHO

El espejo en la casa de mamá /
El espejo en la casa de papá
Colección Somos8

© Texto: Luis Amavisca, 2016
© Ilustraciones: Betania Zacarias, 2016
© Edición: NubeOcho, 2017
www.nubeocho.com – info@nubeocho.com

Corrección: Daniela Morra

Primera edición: 2017
ISBN: 978-84-945415-6-8
Depósito Legal: M-27424-2016
Impreso en China

Esta obra ha recibido una ayuda a la edición
del Ministerio de Educación, Cultura y Deporte.

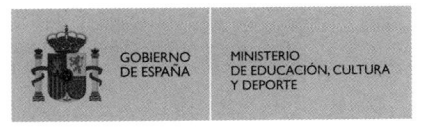

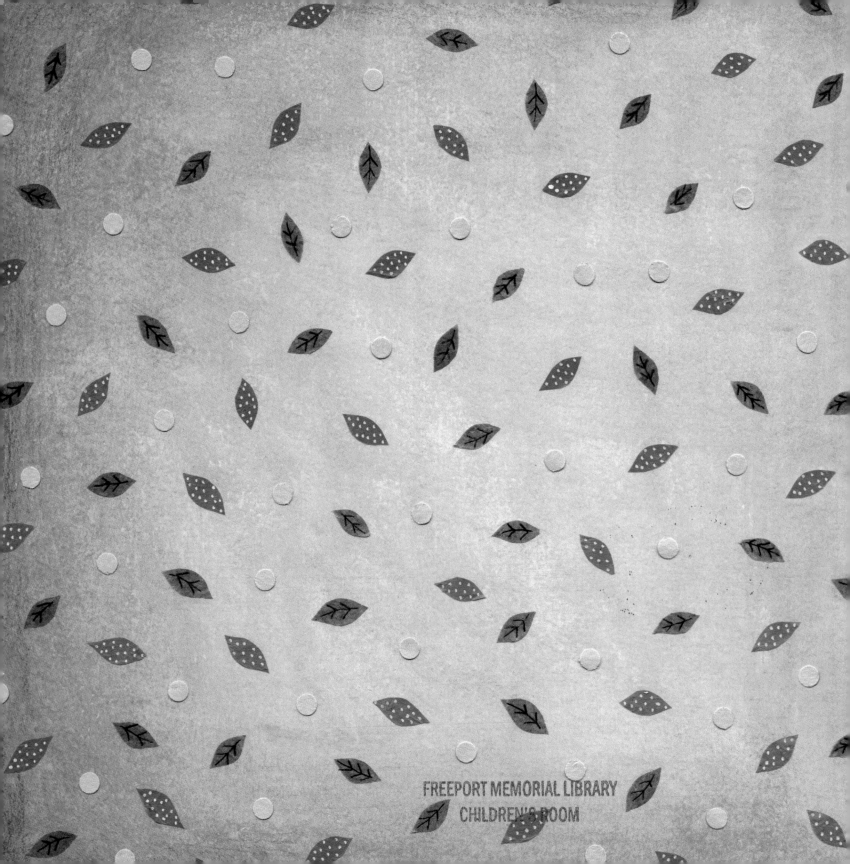